Tengo
Ivar Da Coll •
miedo

Es hora de dormir...

Hay tanto silencio que se
siente el murmullo del viento
entre los árboles.

Todo está oscuro.

Sólo unas pocas estrellas
acompañan a la luna en el cielo.

Eusebio no puede dormir.

Tiene miedo.

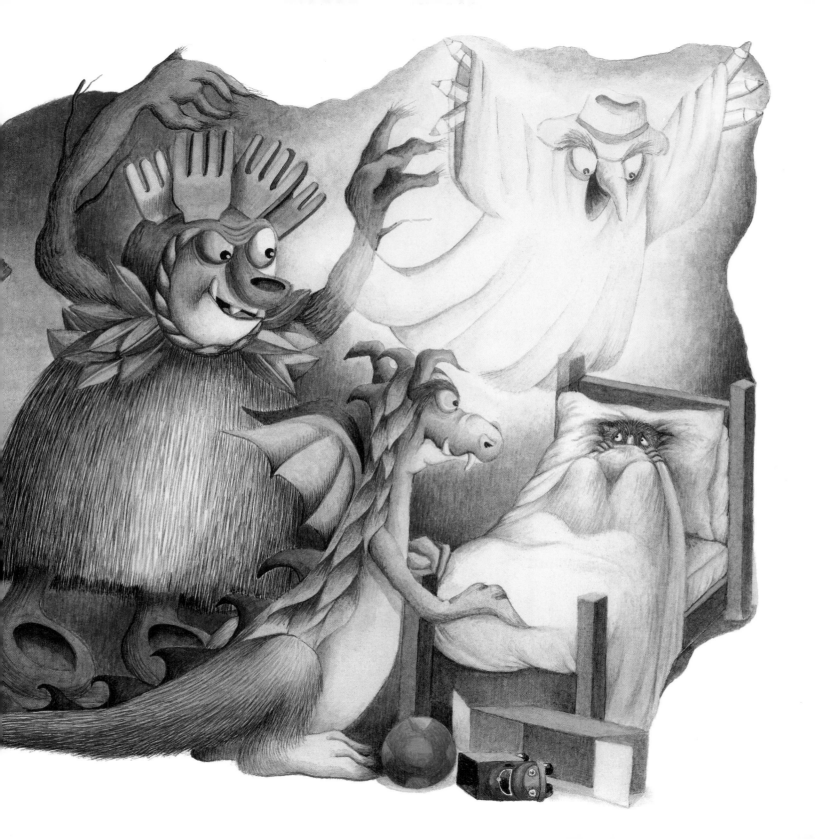

—¡Ananías! ¡Ananías! ¿Estás dormido?
—pregunta Eusebio muy bajito.

—No, aún no —responde Ananías—.
¿Qué te pasa?

Eusebio le cuenta por qué no puede dormir.

—Tengo miedo...

De los monstruos que tienen cuernos...

De los que son transparentes...

De los que tienen colmillos...

De los que vuelan en escoba

y en la nariz les nace una verruga...

De los que se esconden
        en los lugares oscuros
            y sólo dejan ver sus ojos brillantes...

De los que escupen fuego...
De todos esos que nos asustan,
tengo miedo.

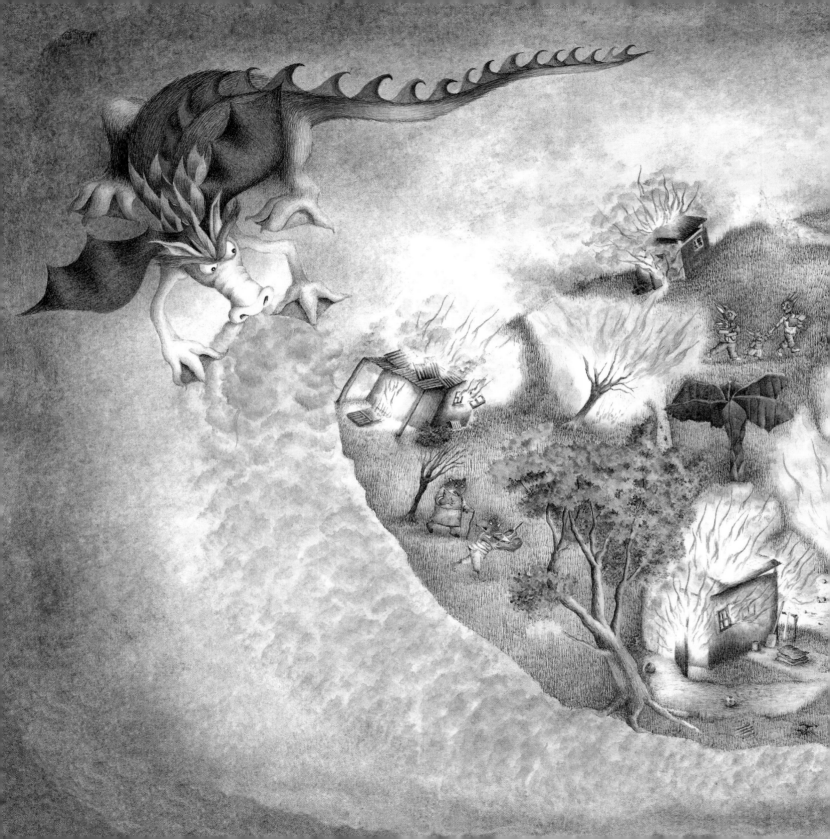

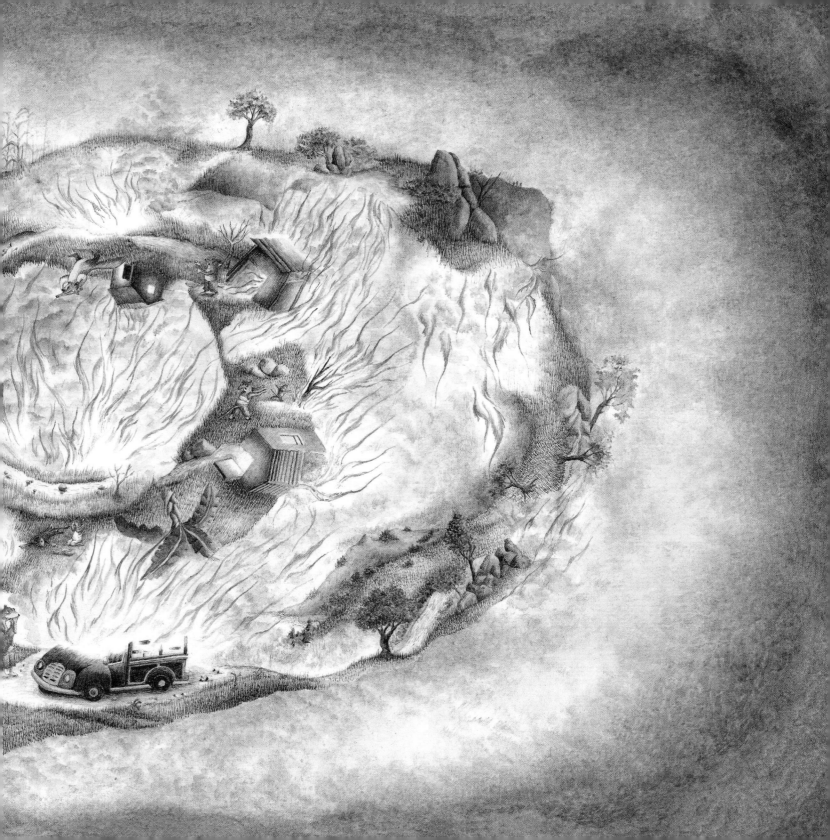

—**Te entiendo**
—dice Ananías—.
Ven, siéntate a mi lado
y deja que te cuente algo.

—Sabías que...

Los que escupen fuego...

Los que se esconden en lugares oscuros
y sólo dejan ver sus ojos brillantes...

Los que vuelan en escoba
y tienen una verruga en la nariz...

Los que tienen colmillos...

Los que son blancos, muy blancos,
tan blancos que parecen transparentes...

Los que tienen cuernos...

Ellos también sienten miedo...

No pueden estar juntos como los buenos amigos.

Siempre quieren ganar, aunque sea con trampa.

Para ellos no hay tranquilidad.

Porque, ¿cómo confiar en alguien
que no es un verdadero amigo?

—¿Es cierto todo eso? —pregunta Eusebio.

—Claro que sí —responde Ananías.

—¿Sabes? Ahora me siento mejor.

—Hasta luego, Eusebio.

—Hasta luego, Ananías, amigo.

© Ivar Da Coll, 2012
© Babel libros, 2012

Primera edición, octubre de 2012

ISBN: 978-958-8445-96-0

Babel Libros
Calle 39 A 20-55, La Soledad
Bogotá D.C. Colombia
Teléfono 2458495
editorial@babellibros.com.co

Edición: María Osorio

Escáner Javier Tibocha - Elograf
Impreso en Colombia
por Panamericana Formas e Impresos S.A.